雪《ゆき》の森《もり》の
リサベット

アストリッド・リンドグレーン 作
イロン・ヴィークランド 絵
石井登志子 訳

きょう、〈六月《ろくがつ》が丘《おか》〉では、みんな、いつもよりあさねぼうをしています。だって、きょうは日曜日《にちようび》ですし、冬《ふゆ》のあさは暗《くら》いですからね。こんな日《ひ》には、だれだってゆっくりねていたいものでしょう。

　でもやがて、台所《だいどころ》でねこのゴーサンといぬのサッソーがごそごそとうごきだすと、みんなもつぎつぎに目《め》をさましました。お手伝《てつだ》いのおねえさんのアルバはじぶんの部屋《へや》で、おとうさんとおかあさんは寝室《しんしつ》で、リサベットは子《こ》ども部屋《べや》で、というぐあいにです。子《こ》ども部屋《べや》には、おねえちゃんのマディケンもいるのですが、まだねむっています。

　でも、リサベットは、どうすればマディケンをおこせるか、しっています。バーンと大《おお》きな音《おと》をたてて、ロールカーテンをまきあげ、こうさけんだのです。

「みて、マディケン、雪《ゆき》がふってる！」

するとマディケンはベッドからとびおき、とんできました。

初雪《はつゆき》というのは、なんだかおそろしいほど、うつくしいものです。

「わたし、どこかにつもってるふるい雪《ゆき》よりも、ここの雪《ゆき》のほうがすきだわ」と、マディケンがつぶやきました。

でも、リサベットは、そんな不公平《ふこうへい》なことはいいません。

「あたしは、せかいじゅうの雪《ゆき》がみんな大《だい》すき」

マディケンが、わらっていいました。

「でも、どうやってせかいじゅうの雪《ゆき》とあそぶのよ。〈六月《ろくがつ》が丘《おか》〉の雪《ゆき》でじゅうぶんだとおもうわ」

そう、もちろん、それでじゅうぶんでした。雪《ゆき》は〈六月《ろくがつ》が丘《おか》〉のどこにもかしこにも、ずんずんつもっていきます。家《いえ》のまわりのしらかばの木《き》も、みごとに白《しろ》く、うつくしくなりました。

マディケンとリサベットは、大《おお》よろこびではしゃぎはじめました。

ふたりは、一日《いちにち》じゅう〈六月《ろくがつ》が丘《おか》〉の雪《ゆき》であそびました。雪《ゆき》の上《うえ》をころげまわったり、雪《ゆき》だるまや、雪玉《ゆきだま》をピラミッドの形《かたち》につんでランプをつくったりして、もうむちゅうです。

いぬのサッソーもよろこんで、ワンワンほえながらかけまわっています。

ねこのゴーサンは台所《だいどころ》のまどからのぞきながら、サッソーはどうかしてしまったのかなと、しんぱいそうです。ゴーサンは、つめたい雪《ゆき》のどこがいいのか、わかりません。

でも、おとうさんにはわかっています。ふいに家《いえ》からとびだしてくると、ふたりといっしょになって、あそびはじめました。

「いいかい、この雪玉《ゆきだま》で、むこうの雪《ゆき》だるまのにんじんの鼻《はな》を、おとしてみせるからな」

おとうさんが、みごとにそのとおりにしてみせると、マディケンはいいました。

「じゃ、つぎは、わたしがこの雪玉《ゆきだま》で、おとうさんの鼻《はな》をおとしてみせるわ」

いよいよ雪《ゆき》がっせんのはじまりです。

おとうさんは、あまりはりきってなげていたので、ついにふきだまりにころんでしまいました。そして、大《おお》きな声《こえ》でわらいだすと、こうさんしました。

台所《だいどころ》のまどからみていたおかあさんは、あまりわらい声《ごえ》がすごいので、おとうさんったらおかしくなったのかしらと、おもいました。おかあさんはねこのゴーサンよりも、雪《ゆき》のたのしさがわかりませんでした。

　ところが、つぎの日《ひ》、マディケンはねつをだしてしまいました。なんてうんがわるいのでしょう！　きょうはまず、お手伝《てつだ》いのおねえさんのアルバやリサベットといっしょに、町《まち》へクリスマス・プレゼントを買《か》いにいき、そのあとで、クリスマス用《よう》のシナモン・クッキーを、やくことになっていたのです。

　リサベットは、はしゃいでいいました。

「あたしはねつなんかぜんぜんなくて、げんきだもん。ウフフッ！　アルバとふたりっきりでお買《か》いものにいけるなんて、うれしい！」

　それをきいたマディケンは、かっとなりました。

「いやなチビね」

でも、そのいいかたはあんまりだと、リサベットもおこりだしました。

「おねえちゃんのクリスマス・プレゼントを買《か》いにいくのよ、わかってるの。そんなことというなら、買《か》ってあげない！」

そこへ、アルバがきて、マディケンをなぐさめてくれました。

「なおったら、マディケンとわたしで、クリスマス・プレゼントを買《か》いにいきましょう。ふたりっきりでね！」

おかあさんも、なぐさめにきてくれました。

「すこしだけなら、シナモン・クッキーをやいてもいいわよ。でも、お買《か》いものはやめましょうね。つめたい風《かぜ》にあたってひどくなったら、たいへんだから。わかるでしょう？」

「そうよ、おねえちゃんは、ねていなくちゃだめ」と、リサベットがマディケンを、ベッドにおしこもうとしました。

けれどマディケンは、ねかされるなんて、まっぴらごめんでした。とくに、ねつもなく、これからアルバとクリスマス・プレゼントを買《か》いにいくような人《ひと》には！

きょうは、町《まち》じゅうが、とてもはなやかです。まあ、どのショー・ウィンドーも、なんてすてきなんでしょう！　アルバとリサベットは、ひとつひとつゆっくりと、みてまわります。

「アルバとくると、ゆっくりみられるからすき。『だめよ、さあ、いそがなくちゃ！』なんて、ぜったいにいわないものね」

するとアルバは、「だめよ、さあ、いそがなくちゃ！　おもちゃ屋《や》さんへ」と、リサベットをせかしました。それなら、リサベットもさんせいです。

おもちゃ屋《や》さんで、リサベットは、マディケンへのプレゼントを、なかなかきめられませんでした。たなにかざってあるものが、みんなほしくなゆるからです。

「あたしだったら、あれがいい！」リサベットは、セーラー服《ふく》すがたの男《おとこ》の子《こ》の人形《にんぎょう》を、ゆびさしました。

「あんまりかわいくて、ふるえちゃう」

「さあ、マディケンになにか買《か》わなくっちゃ。クリスマス・イブに、マディケンがうれしくて、ふるえちゃうようなものをね」

アルバにせかされて、リサベットはマディケンに、ジグソー・パズルをかいました。パズルのはこのふたには、ミルクをこぼした子《こ》ねこの絵《え》がついています。リサベットは、そのかわいい子《こ》ねこが気《き》にいったのです。それに、ジグソー・パズルなら、たとえマディケンのねつがながびいたとしても、ずっとたのしめます。

アルバはお金《かね》をはらうと、パズルをじぶんのふくろにいれて、いいました。

「きっと、マディケンもよろこぶとおもうわ」

「うん。もしよろこばなかったら、あたしがじぶんでもらうから、いいの」

すると、アルバはわらいだしました。

「それはだめよ、リサベット！　さあ、ちょっとだけ、おもてでまっててちょうだい。わたしもプレゼントを買《か》いますからね」

「どんなのを買《か》うの」

「ひみつ、ひみつ。さあ、おもてでまっててね。でも、やくそくよ。どこへもふらふらあるいていかないって！」

リサベットは、やくそくしました。そして、おもちゃ屋《や》さんのまえで、じっとまちながら、アルバがあのセーラー服《ふく》の人形《にんぎょう》を買《か》ってくれないかなと、ときどき中《なか》をのぞいていました。

通《とお》りでは、たくさんのうまぞりが、いったりきたりしていそがしそうです。農家《のうか》のおじさんたちが、クリスマス用《よう》のもみの木《き》や、しらかばのまき、じゃがいも、りんごなどをどっさりそりにつみこんで、町《まち》に売《う》りにやってくるのです。

とつぜん、広場《ひろば》のほうから一台《いちだい》のそりがやってきました。リサベットは目《め》をみはりました。あれは、スベンソンさんとこのちびのグスタフじゃない？　持《も》ち主《ぬし》にはだまって、そりのうしろにこっそりのっている！　グスタフのことは、〈六月《ろくがつ》が丘《おか》〉から、そうとおくないところにすんでいるので、よくしっています。

そばをとおりすぎるとき、グスタフがいいました。

「こんなことできないだろう！」

リサベットもまけずに、どなりかえしました。

「できないとおもっているの！」

「リサベットはちっちゃいからさ」とさけんで、グスタフは、いってしまいました。

リサベットは「ふん」と、鼻《はな》をならしました。なんといったって、リサベットは五《ご》さいで、グスタフよりも大《おお》きいのです。

そこへまた、べつのそりがやってきて、おもちゃ屋《や》さんのまえにとまりました。そりからおじさんがおりてきて、むかいの家《いえ》のまきをおろしはじめました。すると、むかいのまどからおばさんが顔《かお》をつきだし、大《おお》きな声《こえ》でいいました。

「おやまあ、アンデションさん、やっときてくれたね！」

おじさんが、むかいの家《いえ》にまきをはこんでいるあいだ、リサベットは、そりのうしろにちょっとのってみました。どんな気分《きぶん》かしらと、おもったからです。

なあんだ、ぜんぜんこわくない。グスタフったら、こんなことでいばったりして！　それにしても、アルバはおそいわ。おもちゃ屋《や》さんにあるものを、ぜんぶ買《か》うつもりかしら？　リサ

S' MALM
3
LM

ベットはもう一度《いちど》、中《なか》をのぞいて、アルバがセーラー人形《にんぎょう》のそばにいるかどうか、たしかめようとしました。そのとき、アンデションさんがもどってきました。そしてうまをポンポンとかるくたたくと、そりにのり、たづなをとりました。

「さあさあ、ファレボの家《いえ》まで、とばしておくれ！」

ところが、そりがうごきだしたとたん、リサベットはひょいと、そのうしろにとびのってしまいました。ちょうど、グスタフがしていたのとおなじように！　もちろんアンデションさんは、まったく気《き》づきません。頭《あたま》のうしろに目《め》はついていませんから。

「わっ、うごくと、ずいぶんはやくかんじるわ。でも、つぎにとまったとき、とびおりようっと」と、リサベットはおもいました。

そりはどんどんすすんでいきました。すずの音《ね》をききながら、そりのうしろにのって、町《まち》をはしっていると、リサベットは、わくわくするようなすばらしい気分《きぶん》になってきました。

グスタフにみせてやれなくて、ざんねん！　でもこのへんで、アンデションさんがそりをとめてくれないかなあ。アルバの買《か》いもののもおわるころだし。でも、もしもとまらなかったらどうしよう……。

ところが……アンデションさんは、とまりません。ファレボまでは、ずいぶんとおいらしく、大《おお》いそぎでかえっていきます。

「そらっ、いそぐんだ!」

アンデションさんがむちをふるいました。うまは、もうれつにとばしはじめました。うまだって、はやくうちへかえりたいのでしょう。

けれど、ほかにももう

ひとり、はやくうちへかえりたい人《ひと》がいました。もちろん、リサベットです。

「とめて!」とさけびたいのですが、声《こえ》がでません。そりはどんどんすすみ、やがて町《まち》からずいぶんはなれてしまいました。

たすけて! どうすればいいの? リサベットはこわくなってきました。農家《のうか》をとおりすぎるたびに、ここがファレボだといいのに、とおもいましたが、ちがいました。アンデションさんは、どんどんそりをすすめていきました。

ああ、もう、すっかり森《もり》の中《なか》です。雪《ゆき》をかぶったもみの木《き》のほかには、なにもみえません。もちろん、アンデションさんのせなかはみえましたけれど。なんてこわいところに、きてしまったのでしょう。

一度《いちど》もとまらないなんて！　こんなそりに、のらなきゃよかった。アンデションさんは、おさけをのむときでさえも、とまらないのです。かた手《て》でたづなをひき、もういっぽうの手《て》でおさけのびんをもっています。そのうえ、うたまでうたいはじめました。

「ああ、こいつあ、ゆかいだ！
おいらあ、のんだくれアンデション！」

よっぱらったアンデションさんは、もっとひどいうたも、うたいました。

でも、いよいよ、リサベットはがまんできなくなり、さけんでしまいました。

「とめて！　おろしてちょうだい！」

アンデションさんはふりむき、リサベットをみつけました。

ようやくそりがとまったので、リサベットはすぐにおりました。

「町《まち》からずっと、のってきたのか？」アンデションさんは、しぶい顔《かお》できました。

「うん」リサベットはなきだしました。「でも、もううちへかえりたい！」

「そんなら、かってにかえればいいさ」

リサベットは、いっそう大《おお》きな声《こえ》でなきました。

「でも、おくってくれなくちゃ……」

「かってなことをいうなよ！　そりにのってくれなんて、だれもたのんじゃいない。きた道《みち》をもどればいいだけさ！」

それだけいうと、アンデションさんは、いってしまいました。

リサベットはひとり、とりのこされてしまいました。アンデションさんのよっぱらったうた声《ごえ》が、しばらくのあいだきこえていましたが、やがて、なにもきこえなくなりました。もう、うた声《ごえ》もすずの音《ね》もきこえません。ただもみの木《き》のゆれる音《おと》が、きこえるばかりです。

「しんじゃうわ」リサベットはおもいました。家《いえ》から、とおくはなれた森《もり》の雪道《ゆきみち》で、ひとりぼっち……。

「きっと、しんじゃう」

リサベットは、はしりだしました。はしってはしって、力《ちから》のかぎりはしりました。でも、なきながらはしるのは、たいへんです。とうとう足《あし》が、まえにでなくなりました。リサベットは、雪《ゆき》の中《なか》にたちつくして、なきさけびました。

「おかあさん、おかあさーん！ きてえー！」

でも、おかあさんがきてくれるはずがありません。ちょうどそのころ、〈六月《ろくがつ》が丘《おか》〉のうちで、シナモン・クッキーを、やきはじめるところだったのですから。

「あのふたり、おそいわね。もうまてないから、やきはじめましょう」おかあさんがマディケンにいいました。

「そうね。どうせ、町《まち》じゅうのものを、みんな買《か》うつもりなんでしょ」と、マディケンが、あいづちをうちました。ねつはほとんどさがって、はりきってクッキーをやけそうです。

おかあさんは、クッキーの生地《きじ》をねって、ふたつの大《おお》きなかたまりにわけました。ひとつはマディケンの、もうひとつはリサベットのためです。

マディケンは、のしたクッキーの生地《きじ》を、ほしや、ぶたや、もみの木《き》のかたでぬき、つぎつぎにやいていきました。でも、リサベットがいないので、いつものようにはおもしろくありません。マディケンは、リサベットがドアをバタンとあけて、「もうやいているの？」と、とびこんでくるのをまっていました。

ところが、かえってきたのは、アルバだけでした。かわいそうに、ずっとリサベットをさがしていたのです。

「リサベットは、もうもどってきている？」と、アルバは青《あお》い顔《かお》をしてききました。まだだとわかると、なみだをぽろぽろこぼしてなきました。

「どこにもいかないって、やくそくしたのに！」

はなしをきいたおかあさんも、青《あお》くなりました。

「いったい、どこへいったのかしら？」

おかあさんは、おとうさんの仕事場《しごとば》へ、電話《でんわ》をかけました。

「どうしましょう。すぐに、町《まち》の中《なか》をさがしてくださいな！」

「もう町《まち》じゅうをさがしまわったんです」といって、アルバはなきつづけました。

そのころ、リサベットは雪《ゆき》の中《なか》を、家《いえ》にむかって、がんばってあるいていました。でも、も

うすぐあるけなくなりそうです。この道《みち》はぜったい、おわらないんだ！　どうしてこんなに雪《ゆき》がふるの？　せかいじゅうの雪《ゆき》がすきだ、といっていたリサベットですが、さすがにはらがたって、雪《ゆき》につばでもひっかけたくなりました。

「ここのいやな雪《ゆき》だけじゃなくて、雪《ゆき》なんてもう、みんな大《だい》きらい！」

おこっているあいだは、なんとかあるけたのですが、しばらくすると、かなしくなってきました。つかれて、おなかがすいて、おしっこもしたくなって……、ひとりぼっちで、いったいどうしたらいいのでしょう。

「おかあさーん！」リサベットはさけびました。「おかあさん、きてえー！」

そのときふいに、道《みち》からすこし、はいったところに、小《ちい》さな農家《のうか》がみえました。きっとたすけてもらえる！　リサベットは、一歩一歩《いっぽいっぽ》雪《ゆき》をふみしめ、すすんでいきました。ようやく農家《のうか》のまえにたどりつき、ドアをたたきました。なきじゃくりながら、なんどもたたきましたが、だれもあけてくれません。しくしくないているうちに、さむくて、体《からだ》がふるえてきました。

かわいそうなリサベット、おかあさんがそのなき声《ごえ》をきいたら、きっと、とんできてくれるでしょうに。

農家《のうか》のよこに、うし小屋《ごや》がみえました。あそこに、だれかいるかもしれない。リサベットは、うし小屋《ごや》のとびらをたたいてみました。すると、中《なか》で「モオー」と、大《おお》きなそき声《ごえ》がしたので、リサベットはとびあがりました。気《き》のあらいうしがいるようです。でも、きっと中《なか》は、あたたかいことでしょう。かぎは？　よかった！　かかっていません。

小屋《こや》の中《なか》には、一頭《いっとう》のめうしがいました。リサベットがはいっていくと、まえよりも大《おお》きくなきました。でも、しばらくするとしずかになって、やさしい目《め》でリサベットをみつめました。リサベットはそーっとなでてみました。ああ、うしがいる！　もうひとりぼっちじゃないんだ。

「だれかといっしょが、いいよね」と、リサベット

は、めうしにはなしかけました。

うし小屋《ごや》の中《なか》はいごこちがよく、がまんしていたおしっこをしてしまうと、すこし気分《きぶん》がらくになりました。めうしのとなりのさくの中《なか》に、わらがつんであったので、リサベットは、その上《うえ》によこになると、ねむってしまいました。でも、さむくて、すぐに目《め》がさめました。リサベットはめうしをぽんぽんとたたき、だきついて、すこし体《からだ》をあたためました。そしてまた、雪《ゆき》の中《なか》にでていきました。

「ぜったいに、うちへかえらなくちゃ！アンデションさんなんか、大《だい》っきらい！」

そうして、ふたたびリサベットは、おもい足《あし》どりで、なきながら雪《ゆき》の中《なか》を一歩《いっぽ》一歩《いっぽ》あるいていきました。でも、ついにつかれはてて道《みち》ばたに、たおれてしまいました。

リサベットはきっぱりといいました。

「こんどこそおきあがれない！」

でも、そのときリサベットはおもいだしました。雪《ゆき》の上《うえ》でたおれたままでいると、こごえしんでしまうということを。雪《ゆき》をほって、その中《なか》にもぐっていればだいじょうぶだと、きいたことがあります。それで、あおむけになって、雪《ゆき》をすこしおなかの上《うえ》にのせてみました。でも、そんなことぐらいでは、まにあいそうにもありません。

「どんどんふってくるんだから、すぐ雪《ゆき》にうずまっちゃうわ。アンデションさんなんか、大《だい》っきらい！」

そのとき、きゅうにうた声《ごえ》とすずの音《ね》がちかづいてきました。いったい、だれでしょう。アンデションさんが、もどってきてくれたのでしょうか？

いいえ、ちがいました。ハンソンさんとおくさんが、のったそりでした。リサベットはふたりをしりませんでしたが、とびおきて、おもいっきりさけびました。

「のせてえー！」

「あらまあ！　こんな森《もり》の中《なか》で、ひとりでどうしたの？」

道《みち》ばたで雪《ゆき》まみれになったリサベットをみつけると、おくさんはびっくりしました。

リサベットは、ワッとなきだし、こたえられませんでした。ハンソンさんがおりてきて、リサベットの雪《ゆき》をはらうと、おくさんのひざの上《うえ》にのせてくれました。

「さあさあ、もうだいじょうぶよ」といって、おくさんはあたたかいショールで、リサベットをくるんでくれました。それから、ひざにかけていた毛皮《けがわ》の下《した》に足《あし》をいれてくれ、リサベットのぬれた手《て》ぶくろをとって、手《て》をさすってあたためてくれました。そして、両《りょう》うでで、ぎゅっとだきしめてくれました。

リサベットはとても気《き》もちよくて、うれしかったのですが、すぐには、なきやむことができませんでした。でも、しばらくすると、なまえや、すんでいるところや、どうしてあんなところにひとりでいたのかなどを、はなしはじめました。

「かわいそうにねえ」と、おくさんはなんどもなぐさめてくれました。

ハンソンさんは、うまをいそがせながらいいました。

「もうなかなくていいよ。おかあさんのところへ、おくってあげるからね！」

そしてハンソンさんたちは、ふたたびうたいはじめました。

ふたりはそりにのるときには、いつもうたをうたうのです。

「いかなるときも　神《かみ》にまもられ
なやみくるしみに　であうとも
ものみな　神《かみ》の　み手《て》にやすらえば
子《こ》どものように　おそれることなし」

リサベットはうっとりとして、おもわずためいきをつきました。くれていく森《もり》の中《なか》を、あたたかいひざの上《うえ》にだかれ、家《いえ》にちかづいていきます。うた声《ごえ》とすずの音《ね》のほかは、なにもきこえません。

リサベットはいつしかねむってしまい、そりが〈六月《ろくがつ》が丘《おか》〉についても、気《き》がつきませんでした。

いっぽうマディケンは台所《だいどころ》で、ゴーサンや
サッソーといっしょに、まっていました。おか
あさんとおとうさん、ほかにもたくさんの人《ひと》た
ちが、リサベットをさがしにでかけています。
そとはすっかり暗《くら》くなり、マディケンはますま
すしんぱいになってきました。もし、リサベッ
トがみつからなければ、このままかえってこな
ければ、いったいどうなるのでしょう。

「もしそうなったら、リサベットのぶんまで
クッキーをやけるわ」と、マディケンはかんが
えてみました。でも、リサベットがいなければ、
クッキーやきも、おもしろいとはおもえません。
マディケンはなきました。ああ、リサベットに
あいたい……。

「リサベット、どこにいるの！」

マディケンがさけぶと、まるでそれがきこえたかのように、へんじがありました。

「ここよ！　ただいま！」と、リサベットがにこにこしながら、とびこんできたのです。

マディケンは、リサベットにとびつくと、ぎゅうっとだきしめました。ふたりはずっとそのままだきあっていました。でもついに、リサベットが「おなかがすいた！」と、いいました。

「パンならあるわ」と、マディケンはいいました。

テーブルの上《うえ》には、パン、ミルク、チーズ、それにミートボールがのっています。さっそく、マディケンはパンにバターをぬって、テーブルのむこうにすわるリサベットに、つぎからつぎへと、たべさせ

ました。でも、リサベットのおなかは、ちょっとやそっとでは、いっぱいになりません。

「こんなにおそくまで、いったいどこにいってたの？」と、たずねても、リサベットはパンをつぎからつぎにたべているので、なかなかこたえられません。

ようやく、「アンデション、いやなやつ……そりにのって……」と、パンをほおばったままいいました。マディケンがうなずくと、リサベットはまだむしゃむしゃたべながら、おそろしかった一日《いちにち》のことを、くわしくはなしはじめました。

マディケンは、リサベットをにらむと、いいました。

「だって、アルバに、どこへもふらふらあるいていかないって、やくそくしたんでしょ」

するとリサベットは、ちょっとかんがえてから、こたえました。

「あたし、どこへもあるいていったりしなかったわ。そりにのっていっただけよ！」

マディケンは、またリサベットのところへとんでいき、だきしめました。

「あきれた子《こ》ね。でもだいすきよ」

そのあとリサベットは、マディケンがやいたシナモン・クッキーをたべてみました。あしたは、リサベットもじぶんのぶんをやけるでしょう。でも、もうつかれてあくびがでてきました。

「さあ、もうねましょう。わたしひとりじゃなく、ふたりがそろってねているのをみたら、おかあさんたち、どんなによろこぶかしら」と、マディケンがいうと、リサベットもうなずきました。

「そう、ひとりとふたりじゃ大《おお》ちがい！」

それからふたりは、わくわくしながら、ベッドへいそぎました。

「おねえちゃんのベッドでねてもいい？」

「もちろん、いいよ。そうだ、おかあさんたちがかえってきて、わたしにおやすみをいいにきたときに、からっぽのあんたのベッドをみて、きっとなくでしょ。そこであんたが、わたしのベッドから顔《かお》をだしていうの。『なんでないてるの』って」

ふたりは、くすくすわらいました。

それから、リサベットは、おぼえたてのうたをうたいました。

「いかなるときも　神《かみ》にまもられ
なやみくるしみに　であうとも

ものみな　神《かみ》の　み手《て》にやすらえば
子《こ》どものように　おそれることなし」

「どこでおぼえてきたの？」マディケンがききました。

「ハンソンさんたちが、うたってたの。でも、あの大《だい》きらいなアンデションさんも、べつのうたをうたってたわ」

「じゃ、それもうたってみてよ」

「だめ！　子《こ》どものうたじゃないんだから」

でも、マディケンは、しつこくたのみました。

「ねえ、うたってよ！」

「じゃ、おふとんの中《なか》でね」

ふたりがふとんにもぐりこむと、リサベットは、小《ちい》さな小《ちい》さな声《こえ》でうたいました。なるほどひどいうたです。

「ちくしょう、うまいさけでよっぱらい
ういっ、おいらあ、これで天国《てんごく》さ……」

ここまでうたって、リサベットはきゅうにやめました。

「すごいうたね。でも、おねがい。もういっぺんうたって！」とマディケンがいいました。

リサベットはそのかわりに、「いかなるときも……」をうたいました。そのとき、マディケンはきゅうにしんぱいになりました。

「リサベット、わたしのかぜがうつって、ねつがでるかもしれない！」

「いいの。あしたはそとにでないから……あしたтакаだけじゃなくて、クリスマスがおわるまで、ずうっとうちにいるもん」

「どうして？」

「だって、もういやになるほど、そとにいたからよ」

ふたりがねむってからすぐ、おかあさんとおとうさんとアルバがかえってきました。三人《さんにん》ともあんまりかなしくて、なくこともできません。でも、おかあさんとおとうさんは、マディケ

ンにおやすみをいいに子《こ》ども部屋《べや》へあがっていきました。

すると、マディケンのベッドで、ふたりのむすめがならんでねているではありませんか。まるで天使《てんし》のようにみえました。

おとうさんとおかあさんは、むねがいっぱいになりました。むすめたちをみつめながら、手《て》をとりあうと、なみだがほおをつたってながれました。

「神《かみ》さま、ありがとうございます」と、おかあさんはつぶやきました。

なにしろ、『ひとりとふたりじゃ大《おお》ちがい！』ですからね。

訳者《やくしゃ》あとがき

雪《ゆき》の中《なか》で、楽《たの》しそうに雪《ゆき》なげをしている女《おんな》の子《こ》たちに見覚《みおぼ》えのある方《かた》もいらっしゃるでしょう。マディケンとリサベットです。アストリッド・リンドグレーンの作品《さくひん》「おもしろ荘《そう》の子《こ》どもたち」（岩波書店《いわなみしょてん》、一九八七年《ねん》［原題《げんだい》Madicken］）、「川《かわ》のほとりのおもしろ荘《そう》」（岩波書店《いわなみしょてん》、一九八八年《ねん》［原題《げんだい》Madicken och Junibackens Pims］）に登場《とうじょう》する姉妹《しまい》です。

この「雪《ゆき》の森《もり》のリサベット」は、絵本《えほん》として書《か》き下《お》ろされ、日本語版《にほんごばん》では「マディケンとリサベット」（篠崎書林《しのざきしょりん》、一九八六年《ねん》［原題《げんだい》Titta, Madicken, det snöar!］）というタイトルで出版《しゅっぱん》されていましたが、今回《こんかい》は原画《げんが》をそのままに、縦書《たてが》きの読《よ》み物《もの》としての出版《しゅっぱん》です。

大《おお》はしゃぎで雪遊《ゆきあそ》びをしていたふたりだったのですが、その後《あと》マディケンは熱《ねつ》をだしたのでお留守番《るすばん》をすることになり、リサベットはクリスマスのプレゼントを買《か》いにつれていってもらいました。ところが、あらあら、大変《たいへん》。クリスマス用《よう》の薪《たきぎ》を、町《まち》に売《う》りに来《き》たおじさんのそりの後《うし》ろに、リサベットはぴょんと飛《と》び乗《の》ってしまったのです。そりはなかなか止《と》まらず、ようやく止《と》まったのは、雪《ゆき》のふりしきる森《もり》の中《なか》。酔《よ》っぱらっているおじさんは、リサベットをおいてきぼりにして、いってしまいました。だあれもいない森《もり》の中《なか》で、かわいそうに、リサベットはどうなるのでしょう……。

子《こ》どもの頃《ころ》は、毎日毎日《まいにちまいにち》が一大事《いちだいじ》の連続《れんぞく》です。楽《たの》しいこと、うれしいこと、悲《かな》しいこと、くやしいことなど、そんな日常《にちじょう》を作者《さくしゃ》はていねいに描《えが》いています。「ブタがまばたきするぐらいのすばやさで、いろんなことを思《おも》いつく」マディケンのことを、作者《さくしゃ》はまるで自分《じぶん》のようだと語《かた》っています。いろんなことを思《おも》いついては、どんどんやってのけ、遊《あそ》び死《じ》にしなかったのが不思議《ふしぎ》なくらい、楽《たの》しい子《こ》ども時《とき》を過《す》ごしたそうです。必要《ひつよう》とする時《とき》にいつも両親《りょうしん》がそばにいてくれるという安心《あんしん》と、かまわずに遊《あそ》ばせてくれる自由《じゆう》というふたつが、楽《たの》しい一生《いっしょう》を生《い》き抜《ぬ》く力《ちから》を与《あた》えたと言《い》います。

悲《かな》しいことに、二〇〇二年《ねん》一月《がつ》二十八日《にち》、リンドグレーンはストックホルムの自宅《じたく》で家族《かぞく》に見守《みまも》られながら、亡《な》くなりました。九十四歳《さい》でした。亡《な》くなった当時《とうじ》の新聞《しんぶん》によれば、多《おお》くの子《こ》どもたちに愛《あい》された作品《さくひん》は、絵本《えほん》と読《よ》み物《もの》で九十冊《さつ》ちかくにもなり、八十五もの言語《げんご》に翻訳《ほんやく》され、発行数《はっこうすう》はおよそ一億《おく》三千万部《ぜんまんぶ》にもなるそうです。一九四四年《ねん》、三十七歳《さい》の時《とき》に、少女《しょうじょ》向《む》け懸賞小説《けんしょうしょうせつ》で銀賞《ぎんしょう》を取《と》り、デビューして以来《いらい》、半世紀《はんせいき》にわたって、子《こ》どもにも大人《おとな》にも愛《あい》されてきた作家《さっか》でした。日常《にちじょう》をゆったりとした時《とき》の流《なが》れと共《とも》に描《えが》いた作品《さくひん》、ファンタジーの豊《ゆた》かさでわくわくさせる作品《さくひん》、心《こころ》がふるえるような悲《かな》しくて美《うつく》しい作品《さくひん》など、その作風《さくふう》の広《ひろ》さと奥深《おくぶか》さは卓越《たくえつ》しています。一九九四年《ねん》にお目《め》にかかった時《とき》は、もう作家活動《さっかかつどう》はやめておられましたが、まだお元気《げんき》でした。子《こ》どもの頃《ころ》の経験《けいけん》の大《たい》切《せつ》さとか、動物愛護《どうぶつあいご》の運動《うんどう》のことなどを、ユーモアたっぷりに話《はな》してくださり、今《いま》、なつかしく想《おも》い出《だ》しています。

絵《え》は、リンドグレーン作品《さくひん》でおなじみのイロン・ヴィークランドです。十四歳《さい》でバルト海《かい》に面《めん》したエストニアからスウェーデンに亡命《ぼうめい》してきました。リンドグレーンとこんなに長《なが》く一緒《いっしょ》に、楽《たの》しく仕《し》事《ごと》ができたのは、自由《じゆう》に描《か》かせてくれたからだと、うかがいました。一九九一年《ねん》に東京《とうきょう》で、イロン・ヴィークランド原画展《げんがてん》が催《もよお》された時《とき》、この作品《さくひん》の原画《げんが》も展示《てんじ》され、あまりの美《うつく》しさに見《み》とれてしまいました。やさしい、魅力的《みりょくてき》な人柄《ひとがら》は、作品《さくひん》のすばらしさになって表《あらわ》れているようです。

いつまでも、マディケンとリサベットが、皆《みな》さんの心《こころ》の中《なか》で生《い》き生《い》きと活躍《かつやく》しますように。

二〇〇二年《ねん》　十二月《がつ》

石井登志子《いしいとしこ》

【訳者】
石井登志子（いしいとしこ）
1944年生まれ。同志社大学卒業。スウェーデンのルンド大学でスウェーデン語を学ぶ。訳書に「川のほとりのおもしろ荘」（岩波書店）「筋ジストロフィーとたたかうステファン」「いたずらアントンシリーズ」（以上偕成社）「おりこうなアニカ」（福音館書店）「リーサの庭の花まつり」（童話館出版）「夕あかりの国」「しりたがりやのちいさな魚のお話」「おひさまのたまご」「ラッセのにわで」「なきむしぼうや」「ブリット－マリはただいま幸せ」「こんにちは、長くつ下のピッピ」「ピッピ、南の島で大かつやく」「赤い鳥の国へ」「決定版　長くつ下のピッピの本」（以上徳間書店）など。

【雪の森のリサベット】
TITTA, MADICKEN, DET SNOAR !
アストリッド・リンドグレーン作
イロン・ヴィークランド絵
石井登志子訳　Translation Ⓒ 2003 Toshiko Ishii
56p, 22cm NDC949

雪の森のリサベット
2003年１月31日　初版発行
2018年12月10日　４刷発行
訳者：石井登志子
装丁：鈴木ひろみ
フォーマット：前田浩志・横濱順美

発行人：平野健一
発行所：株式会社 徳間書店
〒141-8202 東京都品川区上大崎 3-1-1　目黒セントラルスクエア
Tel.(03)5403-4347（児童書編集部）(048)451-5960（販売）　振替00140-0-44392番
印刷：日経印刷株式会社
製本：大口製本印刷株式会社
Published by TOKUMA SHOTEN PUBLISHING CO., LTD., Tokyo, Japan.　Printed in Japan.
徳間書店の子どもの本のホームページ　http://www.tokuma.jp/kodomonohon/

ISBN978-4-19-861636-6

リンドグレーンの児童文学

アストリッド・リンドグレーン 作　石井登志子 訳

赤い鳥の国へ

まずしい兄妹が赤い鳥を追っていくと…? つらい状況にある子どもたちに、リンドグレーンが心をよせて描いた感動作。

カラー挿絵：マリット・テルンクヴィスト
小学校低学年から

決定版 長くつ下のピッピの本

「ピッピ」の3冊の物語を作者自身が1冊にまとめたものに、スウェーデンオリジナルのカラーイラストを添えた、新訳・決定版!

カラー挿絵：イングリッド・ヴァン・ニイマン
小学校中学年から

ブリット-マリは ただいま幸せ

家族、友情、初恋… 十五歳の女の子の毎日を手紙の形で生き生きと描く、リンドグレーンのデビュー作。

十代から

サクランボたちの幸せの丘

農場に暮らすふたごの姉妹の楽しさいっぱいの日々を描く、「やかまし村」シリーズを思わせる初期の傑作。

十代から